Conan Barbarzyńca

Pierwsza Część

Erika Sanders

Conan Barbarzyńca:
Pierwsza Część

Erika Sanders

Seria
Conan Barbarzyńca, t. 1 do 4

Pierwsza edycja: 2023 r

Streszczenie

Poznaj kobiety z życia Conana, jak nigdy wcześniej ...

Po nowych przygodach i nowych triumfach Conan i jego drużyna wracają do miasta, które teraz nazywają domem, Tarantii.

Czy powrót sprawi, że ominą ich przygody? czy też będzie lepiej niż oczekiwano?

Niniejsza publikacja zawiera tomy od 1 do 4:
1 - Conan
2 - Żula
3 - Cassandra
4 - Valeria

Nowa seria oparta na twórczości Roberta E. Howarda.
(Wszystkie postacie mają ukończone 18 lat)

Uwaga o autorze:

Erika Sanders to pisarka o międzynarodowej sławie, tłumaczona na ponad dwadzieścia języków, która swoje najbardziej erotyczne teksty, odbiegające od zwykłej prozy, podpisuje panieńskim nazwiskiem.

Indeks:

CONAN BARBARZYŃCA
PIERWSZA CZĘŚĆ
ERIKA SANDERS

ROZDZIAŁ I
CONAN

Słońce świeciło nad miastem Tarantia, gdy mała grupa okrążyła szczyt wzgórza.

Białe wieże, miedziane kopuły i minarety lśniły w słońcu, witając ich po długiej podróży.

Ostatnie kilka tygodni było ekscytujących i niebezpiecznych, ponieważ eksplorowali zaginione katakumby w poszukiwaniu skarbów, odpierając potwory i złe duchy.

W rzeczywistości to monety nosiły teraz ich plecaki.

Conan spojrzał na swoich kolegów, zagorzałych towarzyszy w bitwach, które stoczyli i wielu innych wcześniej.

Liderką grupy była Lady Yasimina, pomimo jej obcego pochodzenia.

Urodzona w arystokracji gdzieś na południu, za rzeką Styks, w niczym nie przypominała szlachty z Tarantii czy sąsiednich miast.

Jej sięgające ramion blond włosy były odsłonięte w powietrzu, gdy zdjęła hełm, a jej blade usta wykrzywiły się w uśmiechu, gdy zobaczyła przed sobą miasto.

Mogła być obcokrajowcem, ale w ostatnich latach Tarantia również stała się dla niej domem.

Z powodu kurzu podróży i żaru minionych bitew, tylko jej królewskie zachowanie świadczyło teraz o jej szlachetnym pochodzeniu, ale kiedy wrócili, nie było wątpliwości, że będzie mogła z łatwością poruszać się wśród szlachty ze względu na jej znajomość wymagana etykieta, która czyni kogoś idealnym rzecznikiem grupy.

Znacznie więcej niż barbarzyńca jak Conan.

W przeciwieństwie do Lady Yasiminy, która była muskularna i ciężko opancerzona, obok Conana była Valeria, elfia czarodziejka, uzbrojona jedynie w sztylet zatknięty za pas.

Teraz oczywiście miała na sobie strój podróżny, ale był pewien, że jutro będzie ubrana w bogate stroje, które dopełnią jej urodę.

Tak samo blada i blond jak Yasimina, jej włosy były długie, obecnie związane w długi kucyk, odsłaniający wysokie końce uszu.

Przez większość życia mieszkała wśród lasów południowych wysp, co być może tłumaczyło jej dziwny wyraz twarzy, gdy zbliżała się do miasta.

Ale wydawała się, pomyślał Conan, spokojna i zrelaksowana.

Być może dla niej, jako elfki, był to raczej koniec kolejnej podróży, przerwa między podróżami, niż prawdziwy powrót do domu.

Zula, trzecia z kobiet, wydawała się najszczęśliwsza.

Mała chochlik siedziała do przodu w siodle kucyka, wpatrując się w miasto przed sobą.

Już przed ich przybyciem starała się wypielęgnować, strzepując kurz z ubrania, i nawet teraz poprawiła swoją czerwonawą szatę i przeczesała dłonią swoje krótkie brązowe włosy.

Wydawał się wyczekiwać powrotu do domu bardziej niż inni i Conan pomyślał, że często tak jest.

Wiedział, że gobliny kochają rodzinę i dom, i chociaż Zula nie miała żyjących krewnych, o których wiedział, być może dla niej, to był dom, miejsce, w którym czuła się najlepiej.

Z pewnością pochodziła z tego miasta, tak jak on.

Jak zwykle Snagg był najtrudniejszy do odczytania.

Krasnolud był małomówny, jak wszyscy jego krewni, a jego twarz nie wyrażała teraz żadnych emocji.

Jego zbroja była ciężka i zniszczona, biorąc na siebie ciężar walk w ostatnich tygodniach, i byłby ranny lub gorzej, gdyby nie uzdrawiająca magia Yasiminy.

Ciemne oczy pod gęstymi brwiami wpatrywały się w drogę przed nimi, pogrążone w myślach, które krasnoludy często zachowywały dla siebie.

Conan odwrócił się i stanął twarzą do Tarantii.

Teraz to był jej dom, w którym dorastała i dowiedziała się, kim jest teraz, na długo przed tym, zanim poznała innych.

Nie miałem wątpliwości, że cieszy się z powrotu.

Wiedział, że niedługo znów wyruszą na swoje przygody i rozkoszował się tymi chwilami.

Ale miasto miało wiele przyjemności, których odmawiano mu po drodze.

To było cywilizowane miejsce, miejsce przypominające sanktuarium.

W najbliższych dniach będzie wiele rzeczy do zrobienia.

Musiał uczęszczać do Szkoły Wojowników i ponownie połączyć się ze swoimi przyjaciółmi i towarzyszami oraz kontynuować szkolenie.

A dodatkowo medytując w świątynnej kaplicy, gdzie właśnie tam modlił się do bóstwa najbliższego jego sercu: Murieli, bogini miłości.

Ale przede wszystkim będzie miała czas na relaks, korzystanie z publicznych łaźni, dobre jedzenie i wino, pogawędki na targowiskach i, jeśli Muriela się zgodzi, na znalezienie towarzystwa na noc.

* * *

Willa znajdowała się w pobliżu zachodniej części miasta, niedaleko murów.

Był to duży budynek, najpierw kupiony, a następnie wyremontowany za pieniądze zarobione na przygodach.

Conan i Zula nalegali na to; podczas nieobecności mieszkali w gospodach, ale chcieli mieć miejsce, do którego mogliby wrócić, bazę operacyjną, którą mogliby naprawdę nazwać własną.

Przywrócenie budynku do obecnego stanu zajęło mu trochę czasu, ponieważ w chwili zakupu był w dość opłakanym stanie.

Ale wynik był wart czasu i kosztów.

Centralny budynek był wysoki na dwa piętra i, jak wiele innych w mieście, miał szeroki, płaski dach, na którym mogli się gromadzić latem.

Z każdej strony znajdowały się dwa skrzydła, z których jedno zawierało stajnie.

A między skrzydłami był szeroki dziedziniec, odgrodzony murem od reszty miasta.

Dla poszukiwaczy przygód posiadanie przynajmniej pewnego poziomu obrony było czymś naturalnym, nawet jeśli byli tak bezpieczni, jak powinni być w Tarantii.

Yakin zamknął bramę, gdy ostatni koń wjechał na podwórze.

Był młodym człowiekiem, kompetentnym w swoim zawodzie administratora, ale nie był poszukiwaczem przygód.

Zatrudnili go rok temu, zdając sobie sprawę, że ktoś musi pilnować domu podczas ich wyjazdu na pustynię.

— Czy dobrze zrobili? zapytał: „Widzę, że nikt z was nie jest ranny, dzięki bogom!"

Conan uśmiechnął się, zsiadł i poklepał młodzieńca po plecach.

„Tak, dobrze się spisaliśmy. Musimy zanieść ten skarb do skarbca, a potem posprzątać. Będziemy potrzebować tylko lekkiego lunchu; dajmy im czas na przyniesienie nowych zapasów".

Spojrzał na innych wokół siebie.

Zsiedli też z koni i kucyków, rozciągając nogi po przejażdżce.

Yasimina i Valeria dołączyły do niego, witając się z Yakinem , ale Snagg tylko skinął głową w jego kierunku, nic nie mówiąc.

Zula wydawała się być zajęta pakowaniem na swoim koniu, tylko od czasu do czasu zerkając w ich stronę.

Może myślała, że coś się poluzowało...

Conan odepchnął tę myśl od siebie.

– Powiemy ci wszystko jeszcze dziś po południu – powiedziała Yasimina – ale przede wszystkim nie mogę się doczekać kąpieli i czystych ubrań. A wieczorem może dobry posiłek? Czy wszystko będzie gotowe? ?"

„Tak, pani" – odpowiedział Jákin – „pod twoją nieobecność nic poważnego się nie wydarzyło. Z przyjemnością stwierdzam, że wszystko jest tak, jak to zostawiłaś".

„Widzisz więc", wtrącił się Conan, „dziś wieczorem chciałbym pójść do tawerny. Wydaj trochę tych ciężko zarobionych pieniędzy i pamiętaj, jak to jest być z powrotem w mieście! Czy jest ktoś ze mną ?" "

Snagg skinął głową, mrucząc na znak zgody, ale kobiety zaprotestowały.

„Nie, myślę, że odrobina ciszy i spokoju przydałaby mi się dzisiaj" – odpowiedziała Valeria. – Zostanę tu na noc.

„Ja też", odpowiedziała Yasimina, po czym spojrzała na ostatniego członka grupy, który jeszcze do nich nie dołączył. „A ty, Zula?"

- Och... - powiedziała krasnoludka, jakby była trochę zaskoczona - nie, nie, chyba też tu zostanę. Ja, hm, chyba pójdę wcześniej spać. Czuję się dość zmęczona mimo wszystko." tym razem biwakowanie pod namiotami".

Conan skinął głową. Być może dobrze byłoby spędzić noc w innym towarzystwie, będąc tak długo w trasie.

„Więc tylko ty i ja, Snagg ", powiedział, dodając, „po powrocie postaramy się nie być zbyt awanturniczy. Ale najpierw mamy przed sobą popołudnie... i młodego mężczyznę do zabawiania. z naszymi opowieściami przygodowymi." co?

* * *

Gold Cup Inn było pełne, jak zwykle o tej porze.

Chociaż miejsce to wynajmowało pokoje, było to zarówno tawerna, jak i gospoda, więc kiedy cienie na zewnątrz zaczęły się wydłużać, wielu dobrych ludzi z Tarantii przychodziło na drinka przed powrotem do domu.

Jednak klientela była ogólnie szanowana, więc szanse na bójkę lub inne nieprzyjemne zdarzenie były niewielkie, jak to często bywało w tawernach w innych częściach miasta, w mniej godnych pochwały miejscach.

Dlatego Conanowi się podobało, a także dlatego, że często zatrzymywali się tu umiarkowanie zamożni goście spoza miasta, więc było to również dobre miejsce do znalezienia pracy.

Ale nie dlatego on i Snagg przybyli tu dziś wieczorem.

Na razie mieli dość pracy.

Chciał się zrelaksować i zabawić, przynajmniej na jedną noc.

Znalazł wolny stolik, obaj usiedli i zamówili drinka.

Kelnerka, której nie dało się nie zauważyć, była ładna.

Była po dwudziestce, miała kręcone, sięgające ramion włosy koloru złotego piasku, brązowe oczy i przyjazny uśmiech .

Jej biała koszula z krótkimi rękawami była głęboko wycięta, odsłaniając duży dekolt.

A jej skóra, z tego co widziałem, była piękna i lekko opalona.

- Jesteś nowa - powiedział, uśmiechając się, kiedy podeszła z tacą z napojami - jak masz na imię?

- Livio - powiedział po prostu, racząc ją uśmiechem pełnym pięknych, białych zębów.

Gdy to robił, zauważył, że jej oczy przesuwają się po nim, obejmując jego ciemne włosy, krótką brodę i to, czego oczekiwał, to dość szczupłe, atletyczne ciało po pracy, która często wymagała od niego ruchu.

Jej wzrok zawisł nieco nad jej uszami, lekko spiczasty i ukazując jej półelfie pochodzenie.

„Pracuję tu od kilku tygodni, ale nie widziałem go wcześniej. Często przychodzi?"

Postawił kilka kubków na stole, spoglądając przelotnie na Snagga , ale potem, najwyraźniej nie widząc niczego interesującego, odwrócił się z powrotem do Conana.

„Nazywam się Conan" — odpowiedział — i właściwie mieszkam w pobliżu. Ale Snagg i ja byliśmy ostatnio daleko, daleko stąd.

— Poszukiwacz przygód? powiedziała, brzmiąc na pod wrażeniem, „a może kupiec?"

- Po pierwsze, śmiem twierdzić, że mógłbym ci opowiedzieć wiele interesujących historii, gdybyś miał czas.

Snagga lekko przewróciły się na ten komentarz.

Z pewnością, jak na krasnoluda, nawet to było trochę za dużo.

„Może później", powiedziała Livia, „są inni klienci".

Kolejny szybki uśmiech i zniknęła z powrotem w tłumie.

— Cóż, przyjacielu — powiedział Conan, zwracając się do współtowarzysza podróży i podnosząc kubek — za nasze ostatnie zwycięstwa!

W miarę jak wieczór dobiegał końca, wymieniali się opowieściami o swoich ostatnich przygodach i mała grupka zaczęła zbierać się wokół stołu.

Conan wiedział, że niektórzy z nich byli kontaktami i przyjaciółmi, którzy również bywali w tej tawernie, ale inni byli ludźmi, których w najlepszym razie rozpoznawał niejasno.

Snagg stał się bardziej zmienny, gdy pił więcej piwa, ale wojownik nie widział powodu, by go powstrzymywać.

Mówił więcej o walkach i eskapadach bliskich śmierci niż o bogactwie i skarbach, a jaki był sens bycia poszukiwaczem przygód, jeśli nie można się trochę przechwalać?

Co więcej, jego uwaga była często gdzie indziej.

Gdy Snagg rozpoczął opowieść o walce z tajemniczym nieumarłym, Conan zerknął na Livię.

Zauważył, że zwracał uwagę na opowieści, a jego oczy były bardziej skupione na nim niż na krasnoludzie, niezależnie od tego, kto mówił.

W tym momencie jednak pochyliła się, by sięgnąć po dzban zza baru.

Jej zielona spódnica sięgała do połowy łydki, więc niewiele widział jej nogi, ale jej tyłek był dobrze zaokrąglony.

Wyobraziła sobie to bez spódnicy, jak czułaby się w jej złożonych dłoniach...

"I wtedy...?"

"Hmm?" Odwrócił się do Snagga , świadomy, że patrzył gdzie indziej i zgubił wątek rozmowy.

– Powiedz im, co zrobiłeś dalej – zachęcił krasnoluda – po tym, jak fiolka Yasiminy wpadła do studni.

Posłuchał, wracając do opowieści i chwilowo zapominając o Liwii.

Ale wtedy pojawiła się po drugiej stronie stołu, wycierając plamę na swojej drodze.

Pochyliła się, robiąc to, bardzo celowo, pomyślał, dając wyraźny, niezakłócony widok na górę jej koszuli i wzgórki piersi wystające z jej dekoltu.

Odchrząknął, „z powrotem do ciebie...", powiedział Snaggowi .

Livia znów posłała mu ten sam uśmiech, krążąc wokół stołu, aż znalazła się przy jego boku, przyciskając swoje piękne udo do jego dłoni.

To nie mógł być wypadek, więc ukradkiem podniósł rękę, wyczuwając kształt jej ciała przez grubą tkaninę jej spódnicy, lekko ściskając jej pośladek.

Nic nie powiedziała, a wszyscy inni patrzyli w tym czasie na Snagga .

Spojrzał na nią, a ona spojrzała w sufit, w kierunku sypialni gospody , i mrugnęła do niego.

W milczeniu skinął głową, a potem odeszła, kierując się z powrotem w stronę baru i kolejnej grupy klientów.

* * *

Conan przechadzał się po ciemnym pokoju.

Większy księżyc wschodził na zewnątrz, rzucając srebrzyste światło na miasto, a jego część wlewała się przez małe okienko.

Popołudnie dobiegło końca i Snagga już nie było, wracał samotnie do willi.

Wydawał się z tym pogodzony, niezbyt zaskoczony, ale też nie aprobujący.

Krasnoludy przecież nie czciły Murieli.

Conan rozebrał się już do pasa i zdjął sandały, a jego ubranie leżało złożone na krześle w kącie.

W pokoju było tylko łóżko i mały stolik.

Nie był to jeden z najbardziej eleganckich pokoi w gospodzie, ale to nie miało znaczenia.

Nie było lustra, ale wojownik i tak przygładził włosy, starając się wyglądać jak najlepiej.

Słyszała, jak na dole sprzątają teraz, gdy ostatni goście poszli do domów lub udali się do swoich pokoi.

Rozległo się ciche pukanie do drzwi, więc szybko sięgnął, by je otworzyć.

Livia stała w drzwiach, trzymając w jednej ręce świecę na małym talerzyku.

Blask świec oświetlił jej twarz i klatkę piersiową, jej kręcone włosy rzucały cienie, jej usta były lekko rozchylone i zachęcające.

– Już myślałem, że nie przyjdziesz – powiedział żartobliwie, ale oczekiwanie nie trwało zbyt długo.

- Nie miałam szansy - powiedziała, ponownie błysnąc tym uśmiechem.

Szybko weszła do pokoju, mocno zamykając za sobą drzwi i stawiając świecę na stole.

Conan chciał go wyłączyć, ale sięgnęła po jego dłoń, trzymając ją w swojej.

Jego skóra była miękka, ciepła.

- Zostaw to - mruknęła Livia, jej oczy błądziły po jego nagiej klatce piersiowej iw górę jego ciała.

Nagle wolną ręką objęła jego głowę i przyciągnęła go do siebie, całując go namiętnie.

Pocałunek trwał, ich usta się spotkały.

Conan otoczył ją ramionami, przyciągając je do siebie, przyciskając jej zmysłowe piersi do swojej piersi, oddzielone jedynie bawełnianą tkaniną jej koszuli.

Jej ramiona owinęły się wokół niego, jej dłonie badały jego plecy, wysyłając mrowienie oczekiwania wzdłuż kręgosłupa.

Zatrzymali się, wzięli głęboki oddech i spojrzeli sobie w oczy, a potem znowu się pocałowali, ich języki splotły się.

W końcu wycofała się, a on znów na nią spojrzał, podziwiając sposób, w jaki unosiła się jej klatka piersiowa.

Sięgnął w dół i zdjął jej białą koszulę, przesuwając dłońmi po jej bokach, po czym uniósł ją przez jej głowę, kiedy uniosła ramiona.

Uśmiechnęła się ponownie, wypowiadając proste zdanie: „Czy wszystko w porządku?"

To było pytanie, które tak naprawdę nie wymagało odpowiedzi; była wspaniała.

Zamiast odpowiedzieć, objął dłońmi jej piersi, przesuwając palcami po jej skórze.

Jej sutki też były duże i różowe, już twarde i kolczaste, kiedy gładził kciuki.

Znów przyciągnął ją do siebie i całowali się, gdy przeczesywał dłońmi jej włosy, śledząc kontury jej szyi.

Ostrożnie zaprowadził ją do łóżka, na przemian całując i dotykając jej piersi.

Livia westchnęła, kładąc się na plecach, a on wspiął się na łóżko obok niej.

Pocałował jej podbródek, a potem szyję, schodząc do obojczyka.

Zatrzymał się na chwilę, podziwiając kształt jej piersi, po czym pochylił głowę w stronę jednej z nich, muskając językiem jej sutek.

Wymamrotała coś niesłyszalnie, ale radośnie, a on kontynuował, delikatnie ssąc i przesuwając językiem po wrażliwej skórze.

Masował jej wolną klatkę piersiową, po czym przesunął się.

Smakowało dobrze, kiedy jego własne ręce przebiegały w górę jej ramienia, przez ramię, czując jej jędrne ciało.

Podniósł wzrok i ich oczy znów się spotkały.

„Mmm... nie przestawaj" – powiedziała.

Zamiast odpowiedzieć, pocałował podstawę jej mostka, a potem przeniósł się na jej brzuch.

Znów zastanowił się nad miękkością jej skóry i kształtem jej ciała, dobrze zarysowanego, ale bez twardych mięśni.

Sięgnął po szarfę jej spódnicy i zszedł z łóżka, by zająć miejsce między jej nogami.

Naciągnął jej spódnicę i bawełniane majtki na biodra, zsuwając je na jej nogi, by spocząć na podłodze.

Livia zrzuciła buty i stanęła przed nim naga i bezradna.

Jej nagie nogi wyglądały tak dobrze, jak sobie wyobrażał w tawernie.

Przesunął dłońmi po jej udach, przesuwając je powoli w górę i pocałował jej biodra, tuż obok kopca włosów łonowych.

Jej nogi były rozstawione, a on delikatnie dmuchał między nie, ciepło jego oddechu drażniło ją, gdy obserwowała w świetle świec, błyszczącą między nimi kropelkę wilgoci.

- O tak - westchnęła Livia - tak, proszę...

Przejechał językiem po rozcięciu, a potem rozchylił usta, badając ciepłe, zachęcające ciało jej cipki.

Livia sapnęła z przyjemności, jej biodra wiły się pożądliwie na prześcieradle.

Conan położył ręce na jej pośladkach i kontynuował ssanie i lizanie, muskając językiem jej łechtaczkę.

Livia jęczała teraz cicho.

Opuścił dłoń, by pogłaskać jej włosy, przebiegając wzdłuż spiczastego zarysu jej lewego ucha.

Spojrzał w górę, obserwując, jak te cudowne piersi unoszą się i opadają, gdy jej oddech stał się cięższy, bardziej wzburzony.

Wróciła do swojego zadania, teraz wkładając jeden ze swoich palców do swojej cipki, kontynuując lizanie jej.

Kiedy bawił się jej łechtaczką, jęknęła, przesuwając się lekko pod nim, więc zrobił to ponownie, zamieniając jej jęki w namiętne westchnienia.

Wstał, jeszcze raz podziwiając piękno dziewczyny stojącej przed nim.

Livia podparła się na łokciach, pot spływał jej po twarzy, piekąc kosmyk na czole.

Jego wzrok wędrował po jej ciele, gdy ponownie usiadł na łóżku obok niej.

„Podobało ci się, prawda"

Drażnił się z nią, otrzymując w zamian buziaka.

Sięgnął, by ponownie pogłaskać jedną z jej piersi, a jego dłoń zsunęła się po jej boku.

Pociągnęła za pasek, z pewnym trudem poluzowała sznurek, po czym wsunęła je na uda.

Zdjął majtki, a jej dłoń znalazła jego penisa, głaszcząc wzdłuż jego długości, przesuwając palcem po czubku, muskając pączek.

Znów pocałował jej najbliższą pierś, ssąc sutek, liżąc go, podczas gdy jego własna ręka pieściła jego erekcję.

Znów zachwycił się miękkością jej dotyku, która zdawała się tylko doprowadzać go do jeszcze większej ekstazy.

Potarła jego penisa o mokre włosy swojej pochwy, a on podniósł wzrok, napotykając jej błagalne spojrzenie.

Obracając nogę, usiadł na niej okrakiem, przyciskając swój ciężar do jej piersi.

Poprowadziła go do środka, gdy wbił się głęboko w jej powitalną cipkę.

„O bogowie," wymamrotała, owijając jedno ramię za szyją i obejmując pośladki drugą ręką, gdy nadal kołysała się w przód iw tył.

Dyszali teraz, rozkosz wezbrała w nim, gdy wbijał się raz za razem w jej ciało.

Całowali się, podczas gdy on masował jedną z jej piersi, a ona przesuwała palcem po konturze jego ucha.

Zatrzymał się na chwilę, nie chcąc, by impreza skończyła się zbyt szybko.

Jej brązowe oczy błyszczały w świetle świec, a jej uśmiech był zaraźliwy i zachęcający jak zawsze.

Znowu zaczął się poruszać, czując, jak jej biodra napierają na niego, jego dłoń chwyta teraz mocniej jej pośladki, jej piersi ociekają potem, a jej nabrzmiałe różowe sutki nadal tańczą.

Livia krzyknęła, gdy doszedł, przyciągając go do siebie, gdy jej własny orgazm wstrząsnął jej ciałem.

Nawet Conan nie spodziewał się, że jego pierwsza noc po powrocie z przygody będzie tak przyjemna...

ROZDZIAŁ II
ZULA

Zula zamknęła za sobą drzwi sypialni i na chwilę oparła się o nie, nagle zdenerwowana.

Wymówił się z nocnej rozmowy, kiedy Yakin wyszedł, by dokończyć swoją nocną pracę.

Twierdziła, że jest zmęczona, ale prawda była zupełnie inna.

Wyjęła magiczną kryształową kulę z torby i trzymała ją w dłoni, patrząc na nią z bijącym sercem.

Kiedy go znalazł, zakopanego w śmieciach na tyłach podziemnej komory, początkowo planował przekazać go innym, tak jak każdą część łupu ze skarbu grupy.

Ale to było, zanim zdała sobie sprawę, jak bardzo byłoby to przydatne i co dokładnie mogłaby z tym zrobić... gdyby tylko inni nie wiedzieli, że to ma.

Czuł się winny, że to zrobił, zwłaszcza gdy zastanowił się, jaki był jego prawdziwy motyw.

Może powinien był im powiedzieć, a potem zgłosić to jako swoją część łupu.

Byłoby o wiele łatwiej, gdyby nie wiedzieli... ale teraz byłoby to bardzo krępujące, gdyby się dowiedzieli.

Ale na to było już za późno.

W dłoni trzymał kryształową kulę i nie było sensu jej brać, jeśli nie miał zamiaru jej użyć.

To byłaby najgorsza z obu możliwości.

Oddychając, by się uspokoić, przesunęła zatrzask po wewnętrznej stronie drzwi, zamykając je i skierowała się do swojego łóżka.

Zdjął kurtkę, odłożył ją na bok, usiadł na łóżku, a także zdjął buty.

Jako chochlik uwielbiał wygodę, a łóżko już wydawało się zachęcające.

Położyła się na kołdrze, bosymi stopami dotykając miękkiego materiału, a głowę oparła głęboko na poduszce.

Tak więc, czując się już nieco bardziej zrelaksowana, rozłożyła przed sobą małą magiczną kulę.

Oczywiście wiedziała, jak aktywować różne rzeczy, widziała to już raz, kilka lat temu.

Były to przydatne urządzenia, ale rzadkie, i tylko jego szczęście sprawiło, że jedno wpadło mu w ręce.

Wpatrywała się w kulę ziemską, ożywiając ją, po czym delikatnie przycisnęła ją do jednego zamkniętego oka.

Szkło zaczęło świecić, a przed nią pojawił się zamglony dysk światła.

Otworzył dłoń i kula zaczęła się unosić, zostawiając za sobą kulę ziemską, wciąż nieruchomą przed jego twarzą.

Widział kształty formujące się w dysku: obraz jego ciemnego pokoju widzianego z perspektywy kryształowej kuli, a nie jego własnych oczu.

Magiczne oko, pomyślał.

Teraz musiał tylko pomyśleć o tym, dokąd chce, żeby poszedł, i mieć nadzieję, że nikt go nie zobaczy.

Było tak małe, że z pewnością nikt by tego nie zrobił, o ile byłaby ostrożna.

Teraz mogła patrzeć, gdzie tylko chciała, i nikt o tym nie wiedział... i było jedno szczególne miejsce, na które z pewnością chciała spojrzeć.

Chciała, żeby oko wyleciało przez otwarte okno na parter, gdzie prześlizgnęło się przez inny otwór.

Przestrzeń była zbyt wąska, by zmieściła się w niej osoba, z powodu metalowej kraty nad oknem, ale nie dla czegoś tak małego jak to oko.

Skierował wzrok na główny pokój, w którym zostawił pozostałych, i zawiesił go tuż nad drzwiami, w cieniu pod sufitem.

Dom był oświetlony tylko kilkoma pochodniami tu i ówdzie, pozostawiając wiele plam ciemności.

Przez drzwi widział Yasminę i Valerię, które zdawały się już wycofywać, najwyraźniej decydując, że nie mogą zrobić nic innego tej nocy, chyba że chcą zaczekać na Conana i Snagga .

Czekając na odpowiedni moment, trzymał oko tam, gdzie było, dopóki nie weszli po schodach, a potem powoli przesunął je korytarzem w stronę tylnych drzwi.

Magiczny widok tego miejsca był niezwykły, jakby sama tam stała, a raczej unosiła się w powietrzu tuż pod sufitem.

Szczegóły były tak ostre jak jego własny wzrok i prawie takie samo pole widzenia.

Ale dobrze się stało, że była w ciemnym pokoju, bo cienie pojawiające się na dysku przed nią przesłoniłyby wszystko, gdyby ona sama stała w świetle.

Niemal natychmiast po wejściu do tylnego korytarza zobaczył swój cel: Yakina.

Yakin był oczywiście człowiekiem i na tym polegała tragedia.

Był przystojnym chłopcem, kilka lat młodszym od niej, ale wystarczająco dojrzałym, by być w jej typie i wystarczająco dojrzałym, by ją zainteresować.

Byłby niezłym chochlikiem ze swoim wyglądem, jasnobrązowymi włosami i prostym nosem.

Ale tak nie było, co oznaczało, że zawsze będzie między nimi przepaść.

Ludzie często mieszali się z elfami – Conan był tego żywym dowodem – ale nigdy z goblinami.

Różnica w wielkości była zbyt wielką przeszkodą dla ich percepcji i, jeśli miała być szczera, także dla większości goblinów.

Miała trzy stopy i dwa cale wzrostu, całkiem rozsądnie jak na gnomkę, ale w porównaniu z człowiekiem takim jak Yakin... cóż, jeśli miała być szczera, problemem było to, co było w jej kroczu, które byłoby dla niej za duże.

Szkoda, naprawdę.

Gdyby tylko istniał jakiś sposób, by zmniejszyć go do rozmiarów, żeby mógł wziąć ją jak normalną kobietę.

Nie chodziło o to, że wyglądała jak dziewczyna w jakikolwiek inny sposób; jej piersi i biodra czyniły ją tak zgrabną jak każda ludzka kobieta. Krasnoludy były inne, miały potężną budowę ciała i skarłowaciałe kończyny; Pomyślał, że nawet gdyby człowiek był wielkości karła, trudno byłoby znaleźć kogoś atrakcyjnego.

A gdyby była krasnoludem, prawdopodobnie nie widziałaby niczego w Yakinie.

Ale nim nie był, a prawda była taka, że był atrakcyjnym młodym mężczyzną, zawsze troskliwym i pomocnym.

Ile razy leżała w tym łóżku, myśląc o nim?

Ile razy wyobrażała sobie jego twarz w ciągu ostatnich kilku dni, czekając, aż znów będzie mogła być blisko niego?

Ile razy fantazjowała o nim, wyobrażając sobie, że w jakiś sposób zmniejszył się do jej rozmiarów i co mogliby razem zrobić, gdyby tak było?

Ale nie chciała tego robić dziś wieczorem; chciała tylko na niego spojrzeć, wiedząc, że gdyby wiedział, co ona czuje, sytuacja stałaby się rozpaczliwie nieprzyjemna.

Ponieważ był człowiekiem i nigdy nie mógł odwzajemnić jej uczuć, jej pragnień.

Leżała więc na łóżku, obserwując, jak zamyka okiennice i gasi pochodnie, przygotowując willę na noc.

Zdała sobie sprawę, że przy zamkniętych okiennicach będzie musiała zejść na dół, kiedy on pójdzie do łóżka, i otworzyć okno, żeby wpuścić oko z powrotem do jej pokoju.

Ale przez chwilę cieszyła się, że go widzi.

Po chwili, najwyraźniej zadowolony ze swoich nocnych obowiązków, Yakin wyszedł przez boczne drzwi.

Zula natychmiast zdała sobie sprawę, że nie tędy droga do jej kwatery.

W rzeczywistości, zdała sobie sprawę, jej serce prawie podskoczyło na myśl, że to były drzwi do łazienki!

Miasto Tarantia zostało zbudowane na gorących źródłach, co jest jednym z powodów jego istnienia.

Willa, jak wiele rozlokowanych w całym mieście, posiadała własną łazienkę, wypełnioną naturalnie ciepłą wodą.

Ona sama używała go wcześniej do zmywania brudu i kurzu z podróży, była to jej pierwsza porządna kąpiel od ponad miesiąca.

Nieświadomie, zapominając o swoim postanowieniu sprzed chwili, przyłożyła lewą rękę do piersi, pieszcząc ją przez czerwonawy materiał szaty.

Jej sutki stwardniały pod dotykiem.

Czy Yakin jechał tam tylko po to, żeby coś naprawić, czy...?

Mrugnęła okiem przez drzwi za nim, rzucając je w stronę sufitu.

Yakin odwrócił się nagle, spojrzał za siebie, po czym skierował się do drzwi.

Czy widział oko?

Czy poruszył go za szybko?

Zula był teraz sparaliżowany, nie śmiejąc się ruszyć, jakby mógł jakoś zobaczyć ją, a nie pływającą kryształową kulę.

Ale młody człowiek potrząsnął głową, najwyraźniej nic nie widząc, i wrócił do pokoju, zamykając za sobą drzwi.

Był blisko, ale wydawało się, że udało jej się ukryć oko.

Teraz jednak nie odważył się przenieść go z obecnego miejsca pod sufitem, z dala od dwóch lamp oświetlających pokój.

Nie mogła ryzykować, że znów wzbudzi w nim podejrzenia.

Yakin wyjął jeden z ręczników i położył go obok łazienki.

Zdała sobie sprawę, że on naprawdę zamierza się wykąpać, a jej pierwotny plan całkowicie zniknął z jej myśli.

Chciała tylko patrzeć, jak pracuje, dopóki nie zgasił lamp i nie pogrążył domu w ciemności, ale teraz było inaczej.

Znów potarła lewą dłonią pierś, zgniatając materiał na niej, czując podniecenie, gdy drugą ręką położyła się na wewnętrznej stronie uda, czując, jak miękka skóra jej pasków naciska na jej ciało .

Odetchnęła, westchnęła z oczekiwaniem, a jej oczy rozszerzyły się.

Yakin zdjął tunikę i pochylił się, by rozsznurować buty.

Pomimo wszystkiego, czego próbowała, nigdy wcześniej nie widziała go w stanie częściowej nagości .

Zdał sobie sprawę, że tak naprawdę nawet nie wiedział, jak wygląda nagi ludzki mężczyzna.

Jak bardzo byliby podobni do elfów ?

Sądząc po tym, co widział do tej pory, nie było żadnej różnicy.

Yakin był średnio dobrze zbudowany, jego jasna skóra była nieskazitelna i gładka, a na górnej części klatki piersiowej miał lekką warstwę włosów, ale było ich bardzo mało.

Jego budowa ciała była taka, jak zawsze go sobie wyobrażała: szczupły, ale niezbyt umięśniony, z płaskim brzuchem.

Spojrzała w dół na swoją talię, gdy zaczęła bawić się sznurowadłami podtrzymującymi jej własny strój.

A potem Yakin się odwrócił.

To nie jego plecy chciała widzieć, ale teraz on był odwrócony do niej plecami, ostrożnie kładąc buty i tunikę na ławce przed sobą.

Nie odważyła się poruszyć okiem, żeby lepiej się przyjrzeć, i po prostu wpatrywała się w niego, nie mogąc nic zrobić ze swoją sytuacją.

Jednym płynnym ruchem Yakin zdjęła jej długie pończochy, po czym ściągnęła bawełniane szorty, które miała pod spodem.

Jego pośladki były jędrne, kształtne, takie jakie lubiła.

Chciała jednak zobaczyć więcej.

Dlaczego to trwało tak długo?

Z sfrustrowanym stęknięciem sięgnęła lewą ręką, rozchyliła tunikę, sięgnęła do środka i uszczypnęła nagi sutek.

Koronkowe węzły rozwiązały się, a drugą rękę wsunęła pod majtki, przesuwając palcami po włosach łonowych aż do rozcięcia między nogami.

Jej cipka bolała z pożądania, ale zmusiła się do zatrzymania, zastanawiając się w milczeniu.

Czy naprawdę musiał?

Tak.

Z pewnością chciał.

Yakin odwrócił się z powrotem do wanny i stanął przed nią nago, mając przed oczami wszystko, co interesujące.

W tym momencie zdał sobie sprawę, że nawet nie pomyślał o tym, która z dwóch możliwości tak naprawdę chce, aby była prawdziwa.

Czy spodziewał się, że pomimo dużych rozmiarów człowieka pod innymi względami, jego penis będzie wielkości goblina, dając mu nadzieję, choć odległą, nadzieję, że pewnego dnia zdecyduje się umieścić go między udami?

A może potajemnie miał nadzieję, w jakimś ciemnym zakątku swojego umysłu, że ludzie będą pod każdym względem proporcjonalni jak gobliny, a jego kutas będzie tak duży i potężny jak reszta jego ciała?

Teraz stało się jasne, że ostatnia możliwość jest prawdziwa.

Nigdy wcześniej nie widziała nagiego człowieka, ale widziała nagich goblinów, a we wszystkich swoich proporcjach Yakin z pewnością go przypominał.

Jak duże to oznaczało dla jego penisa, zwłaszcza gdy był w pełni wyprostowany?

Teraz nie był wyprostowany i wydawał się ogromny, jak duży będzie, kiedy będzie w pełni wyprostowany?

O ile bardziej rozwiało to jej nadzieje na posiadanie go?

W tej chwili było jej wszystko jedno.

Lewą ręką gładząc pierś, włożyła palec między wargi sromowe.

Był bardzo mokry, gorący, obolały od jej dotyku.

Musiała się uwolnić i potrzebowała tego jak najszybciej.

Jego palec pogłaskał jej łechtaczkę, a ona sapnęła, gdy poczuła nagły przypływ przyjemności.

Potrzebowała go tak bardzo, że aż bolało.

Tak, masturbowała się już wiele razy, myśląc o Yakinie, ale nigdy tak nie było.

Obraz jego nagiego przed kąpielą z pewnością na zawsze pozostanie w jej pamięci.

Wydawało się, że minęła wieczność, ale nie mogło upłynąć dużo czasu, zanim wśliznął się do ciepłej wody w wannie.

Teraz szuka pachnącego mydła i pumeksu, których sama użyła tamtej nocy.

Wody były czyste i przejrzyste, pozwalając jej zobaczyć całe jej ciało, zniekształcone przez fale, ale więcej niż wystarczające, by podsycić jej fantazje.

Wsuwała i wysuwała palec ze swojej cipki, znajdując rytm, czując śliską wilgoć swojego seksu.

Potem, patrząc jeszcze raz na obiekt swoich uczuć, zrobił coś, czego nigdy wcześniej nie robił i wsadził drugi palec.

Zaczął pompować, waląc mocniej, jego oddech był nierówny, drugą ręką szarpał jej sutek, przekręcając go między kciukiem a palcem wskazującym.

Tak bardzo pragnęła Yakina, ale to było wszystko, co mogła zrobić, by poczuć się, jakby wpychał ją do jej łóżka.

Jej palce ciężko pracowały, kiedy wpychała je głębiej, wyobrażając sobie, jak wielki kutas jest w pełni wyprostowany, torując sobie drogę do jej chętnej cipki.

Wyobrażając sobie te jędrne pośladki walące w niej z coraz większą energią.

Zanurzył trzeci palec w jej pożądliwej namiętności, czując, że jest ciasny, prawie bolesny.

– Mogłabym cię przelecieć, wiem, że mogłabym... – wydyszała, nagle zdając sobie sprawę, że powiedziała to na głos.

Wtedy uderzył ją orgazm i wygięła się w łuk z łóżka, a jej małe ciało drgało, gdy fale orgazmu uderzały w nią, oszałamiając w swojej zaciekłości, oślepiając nawet widok nagiego mężczyzny w świetlistym dysku przed nią.

ROZDZIAŁ III
CASSANDRA

Skórzane buty na miękkiej podeszwie nie wydawały żadnego dźwięku, gdy ciemna postać w kapturze szła ciemną uliczką.

Pobliskie domy były duże, niektóre z najbogatszych w Tarantii, wiele z nich było o tej porze nocy oświetlonych światłem latarni.

Nawet gdyby nie ciemność na zewnątrz, niewiele rysów postaci byłoby widocznych, ukrytych pod długim płaszczem z kapturem.

Postać rozejrzała się, czy nikt nie patrzy, ale ulica była pusta.

Podszedł do tylnych drzwi jednego z domów i delikatnie zapukał.

Po długiej przerwie drzwi lekko się uchyliły i wyjrzała z nich ludzka twarz.

Najwyraźniej usatysfakcjonowany co do tożsamości gościa, mężczyzna otworzył szerzej drzwi i postać zniknęła w środku.

Wewnętrzny pokój był ponury, oświetlony jedynie żyrandolem trzymanym przez służącego.

Cassandra odciągnęła kaptur płaszcza, odsłaniając ładną, ale poważną twarz o bladej skórze i sięgających ramion brązowych włosach.

Jednak jego pochodzenie było natychmiast widoczne, podobnie jak być może powód ukrywania się.

Tuż pod jej włosami znajdowały się końcówki dwóch małych czarnych rogów, a jej oczy lśniły w świetle świec jak dwa ciemne granaty, zdecydowanie nienaturalnie czerwonawe.

- Poinformuję waszą wysokość o waszej obecności - powiedział mężczyzna, najwyraźniej nie reagując w żaden sposób na jej odkrywcze pojawienie się - i proszę tu zaczekać.

To mówiąc, wyszedł, zabierając ze sobą świecę i pogrążając pokój w niemal całkowitej ciemności.

Dla Cassandry nie miało to większego znaczenia, chociaż nie miała pojęcia, czy mężczyzna zdawał sobie z tego sprawę, czy nie.

Była pół-demonem, jej krew była splamiona ciemnością samego piekła.

Większość jej przodków była oczywiście ludźmi, ale jedna z jej praprababek poświęciła się nocy szaleńczej rozpusty z demonem, w wyniku czego zostawiła pradziadka.

Nie znał ani nie przejmował się dokładnymi szczegółami, nie mówiąc już o tym, jak jego dotknięta piekło linia rozciągała się na pokolenia, ale piekielna plama w jego krwi dawała mu pewną przewagę nad bardziej przyziemnymi ludźmi.

Jedną z nich była wspaniała zdolność widzenia w ciemności, która stanowiłaby wyzwanie nawet dla wzroku kota.

Doszedł do wniosku, że była to poczekalnia dla gości, do której nie było dla niej jasne, że właściciel domu chce, aby inni widzieli go po przyjeździe.

Zapewne w większości kupcy, ale także tacy jak ona.

Pokój miał niewielką dekorację i tylko jedno okno, które było szczelnie zamknięte.

Oto kilka krzeseł, oba funkcjonalne, ale nie na tyle drogie, by naprawdę pasowały do domu.

Jedyny ślad charakteru znajdował się w korytarzu za nim, stojąc na małym cokole.

Była to odlana z brązu statuetka przedstawiająca satyra z nieprawdopodobnie dużym fallusem, zajętego ruchaniem małej nimfy.

Usta nimfy były otwarte i krzyczały, ale statuetka była zbyt niejednoznaczna, by stwierdzić, czy rzeźbiarz zamierzył ją dla przyjemności, czy dla bólu.

Co, jak podejrzewała, było całkiem celowe.

Tak czy inaczej, wydawało się to dziwną rzeczą na korytarzu.

Mężczyzna wrócił po oczekiwaniu, które z pewnością miało na celu postawienie jej w miejscu, ale nie na tyle długo, by było naprawdę niewygodne.

„Jej lordowska mość zobaczy się teraz" – powiedział, gestem zapraszając ją, by poszła za nim.

Poprowadził ich przez korytarz, który oprócz cokołu i jego figury wyglądał jak każdy inny drogi i bogaty dom.

Zastanawiał się, czy posąg z brązu został tam umieszczony dla jego własnej korzyści, a jeśli tak, to jakie przesłanie miał nieść.

Być może zamierzał tylko sprawić, by poczuła się nieswojo, ale jeśli tak, to mu się nie udało.

Zaskoczenie półdemona wymagałoby czegoś więcej.

W końcu dotarli do drewnianych dwuskrzydłowych drzwi z wyrzeźbioną abstrakcyjną płaskorzeźbą, które mężczyzna otworzył, wskazując na jaśniejszy pokój za nimi.

Gestem zaprosił ją do środka, a kiedy to zrobiła, ukłonił się cicho lokatorowi pokoju, po czym cofnął się i zamknął drzwi.

Jej lordowska mość była wyraźnie zboczeńcem.

Gobeliny wisiały na trzech z czterech ścian pokoju, zasłaniając wszelkie inne drzwi i okna, które mogły tam być.

Jedyną gołą ścianą były drzwi, przez które właśnie weszli, a na których znajdowały się jasne latarnie z kinkietami, które rzucały światło na cały pokój.

Ponadto były tam dwa krzesła i mały stolik, na którym znajdowała się butelka wina i kieliszek.

Gdyby usiadła na pustym krześle, stół byłby poza jej zasięgiem, ale co ważniejsze, widoczne byłyby tylko trzy ściany wyłożone gobelinem.

I niezależnie od tego, czy figurka w korytarzu mogła sprawić, że poczuła się niekomfortowo, z pewnością mogły to zrobić gobeliny.

Każdy przedstawiał nocny ogród pełen nagich ciał zaangażowanych w drastyczne i wyraźne akty seksualne.

Były różne, od namiętnych po dziwaczne, a nawet brutalne.

Oprócz ludzi i elfów, zwierzoludzie i półdemony zdawali się odgrywać ważną rolę, a wiele par było tej samej płci.

Nic z tego nie miało nic wspólnego z tym, dlaczego została tu zaproszona, a jej umysł zaczął formułować taktykę ucieczki, jako środek ostrożności.

Lady Gedren siedziała na większym z dwóch przypominających tron krzeseł wyściełanych czerwonym materiałem.

– Dobry wieczór – powiedziała głosem gładkim jak jedwab. – Usiądź.

Cassandra już przed przyjściem odrobiła pracę domową na temat kobiety przed nią.

Pani Taramis Gedren rzadko widywała się w kręgach miejscowej szlachty i nie bez powodu: sama była mrocznym elfem.

Z tego, co Cassandra mogła stwierdzić, z jakiegoś powodu została wykluczona z własnego społeczeństwa i osiedliła się tutaj, budując fortunę na handlu i pracy magicznej.

Tytuł „damy" był tylko sztuczką, pozostałością po jej superekskluzywnym wychowaniu.

Usiadła na pustym krześle, twarzą do mrocznego elfa.

Nad lewym ramieniem jej lordowskiej mości widniał wizerunek elfickiej kobiety dławiącej się sztywnym kutasem minotaura, a nad drugim obraz mężczyzny przykutego łańcuchem do drzewa podczas sodomii przez mrocznego elfa.

Sądząc po postawie człowieka, było to najwyraźniej coś, co bardzo mu się podobało, pomimo łańcuchów.

Cassandra zignorowała oba obrazy, nie odrywając oczu od kobiety przed nią.

– Słyszałem, że jesteś dobry – powiedział jego lordowska mość.

Pół-demon nic nie powiedział: biorąc pod uwagę okoliczności, to zdanie było raczej dwuznaczne.

– W zdobywaniu rzeczy bez wiedzy ich właściciela – dodał Łucznik Mrocznych Elfów po krótkiej ciszy – wchodząc do pomieszczeń, w których inni woleliby nie zostać zbezczeszczeni. Czy to prawda?

„Tak", odpowiedziała Cassandra, proste stwierdzenie faktu.

Gedren już wiedział, inaczej nie byłoby jej tutaj.

Archer Mrocznych Elfów skinęła głową, zachowując wyniosły wyraz twarzy.

Jej suknia, jeśli można to tak nazwać, była uszyta z ciemnofioletowego materiału, ale Cassandra podejrzewała, że jej twórcą nie mógł być zwykły krawiec.

Top składał się z dwóch kawałków nieokreślonego ciemnofioletowego materiału, rozciągniętego na piersiach Gedren, połączonego ze sobą złotą broszką z pojedynczym rubinem przy jej obszernym dekolcie, a także wyposażonego w czarne paski materiału wokół jej pleców i nad nią ramiona..

Miała też na sobie pelerynę z delikatnego, jedwabiście czarnego materiału, tworzącą naszyjnik na szyi, ale odsunęła ją, by lepiej pokazać zmysłowy i erotyczny komplet reszty ciała.

Srebrne bransolety zdobiły jego nagie ramiona, podczas gdy kawałki czarnej wyściółki pokrywały jego ramiona, przypominające zbroję, ale raczej dekoracyjne niż praktyczne.

Jego skóra była kruczoczarna, gładka i nieskazitelna.

Jej brzuch był nagi, szczupły i zaokrąglony, ozdobiony jedynie złotym filigranowym łańcuszkiem tuż pod pępkiem, na którym trzymał mały zwisający klejnot.

Pod nią znajdowała się druga część jej sukienki, dwa szerokie paski z tego samego ciemnofioletowego materiału owinięte między jej nogami, sięgające do połowy łydek.

Dołączyły do nich jeszcze dwa czarne paski, jeden, który obejmował jej nagie biodra, a drugi niżej, na udach.

Wyglądała prawie jak koszula, ale mimo to jej nogi były prawie nagie.

– Mam zadanie, które wymaga kogoś o twoich szczególnych talentach – powiedziała lady Gedren. – Jest rzeczą oczywistą, że twoja dyskrecja jest absolutnie niezbędna.

„Przekonasz się, że moja praca gwarantuje ciszę" – odpowiedział półdemon.

Gedren już by to sprawdził.

Można było się tego spodziewać w tym biznesie.

"Doskonały." Mroczny Elf Archer odpowiedział z lekkim kuszącym uśmiechem na ustach.

Jej włosy były śnieżnobiałe, jak śnieg, spięte w długi koński ogon, a jej twarz okalały luźne frędzle.

Jego oczy były jasnobursztynowe, ale w jakiś sposób zimne jak lód.

Nie wyglądała na kobietę, z którą chciałbyś spotkać się na swojej drodze, ale Cassandra miała do czynienia z wieloma tego typu ludźmi w swoim życiu i niewiele było osób, które mogłyby ją teraz zastraszyć.

Gedren leniwie skrzyżowała nogi, ukazując gładką, czarną przestrzeń nagiego uda i, prawdopodobnie celowo, błysk jej ciemnofioletowych majtek.

Cassandra musiała przyznać, że całe jego podejście było dla niej nowością.

Normalnie, gdyby ktoś chciał jej zaimponować, jacy są potężni i przerażający, użyłby domniemanej groźby użycia przemocy.

To był pierwszy raz, kiedy ktoś próbował ją zniechęcić seksualnością.

Ale była zdecydowana, że nie zadziała lepiej niż jakiekolwiek inne podejście.

Gedren próbował sprawić, by poczuła się nieswojo nie tylko przez użycie ozdób i odsłaniających ubrań.

Nawet w tak krótkim czasie, jaki spędził w pokoju, oczy mrocznego elfa już kilka razy podróżowały i spoczęły na jego ciele.

Cassandra miała na sobie skórzane ubranie, które zakrywało każdy cal jej skóry oprócz głowy, ale nie było wątpliwości, że mentalnie rozbierała się do naga.

Dla pół-demona było to niezwykłe doświadczenie i nie wyglądało na to, żeby Gedren udawał swoje życzenie.

Tak więc, jeśli gobeliny były jakąś wskazówką, jej upodobania skłaniały się ku temu, co niezwykłe i różnorodne, ale na nieszczęście dla mrocznego elfa Cassandra nie miała teraz zamiaru robić tego z inną kobietą.

– Jest kilka osób, które niedawno wróciły do tego miasta – kontynuowała lady Gedren.

„To ludzie, którzy mają tendencję do schodzenia do podziemnych ruin w poszukiwaniu złota i skarbów. Jestem pewien, że znasz ten rodzaj ludzi, o których mówię. Są wykwalifikowani i doświadczeni, jak każdy, kto musi przeżyć przez długi czas. w przygodach".

Cassandra skinęła głową, ale czekała, aż Lady Gedren dokończy to, co miała do powiedzenia.

„I zdobyli coś, coś, co chciałbym, abyście wyprosili dla mnie...".

ROZDZIAŁ IV
VALERIA

Valeria weszła po schodach na tyły sklepu z kartografiami i mapami.

Onna, właścicielka sklepu, była kimś, kogo znała od dawna.

Często dostarczała mu ciekawe dokumenty lub mapy na wyprawę, która prowadziła ich do dramatycznych przygód na północnych ziemiach.

Ostatnia taka mapa była szczególnie przydatna, a ona zasługiwała na to, by poznać wynik tej przygody, więc Valeria udała się tam wkrótce po jej powrocie.

Zapukała do drzwi mieszkania Onny nad sklepem i została nagrodzona niedługo później, gdy właściciel otworzył drzwi.

Valeria zauważyła, że kobieta była dobrze ubrana, miała na sobie bogatą niebieską sukienkę bez rękawów z długą spódnicą rozciętą z boku, by pokazać szczupłą nogę i buty do kostek.

Szeroki pasek podkreślał jej talię, podkreślając figurę, a sama suknia miała dekolt w kształcie rombu rozcięty między piersiami z paskami na nagich ramionach, gdzie na szyi zwisał jej naszyjnik z bursztynowych kamieni.

Valeria zauważyła to wszystko i od razu zdała sobie sprawę, że prawdopodobnie nie był to zwykły strój jej przyjaciółki.

— Przeszkodziłem ci? Zapytała: „Zawsze mogę wrócić jutro".

Onna wyglądała na zakłopotaną przez chwilę, po czym spojrzała na siebie, podążając wzrokiem za wzrokiem elfa.

- Och, nic, czego nie można odłożyć - powiedziała, rumieniąc się lekko. - Po prostu... nie, to nic takiego. Wejdź.

- Jeśli jesteś pewien - odparła Valeria, wchodząc.

Bywała tu już wcześniej, ale niezbyt często.

Zwykle widywali się w sklepie.

Onna trzymała tu najlepsze i najcenniejsze dokumenty, gdzie były najbezpieczniejsze.

Odkrywszy, że klienci Valerii dobrze płacili za takie informacje, te dokumenty zapewniły jej cennych klientów i przyjaźnie, a ona była jedną z nielicznych osób, które miały dostęp do jej wewnętrznego sanktuarium.

Długa tapicerowana sofa zajmowała środek pokoju, ustawiona na bogatym niebiesko-białym dywanie przed ozdobnym kominkiem, który o tej porze roku był nieoświetlony.

Antyczne wazy i dzieła sztuki zdobiły pokój, ukazując zamiłowanie kobiety do rzeczy z przeszłości.

W głębi pokoju na biurku znajdowało się kilka kawałków pergaminu, które najwyraźniej były w trakcie badania przez Onnę.

„Chciałam ci powiedzieć, jak potoczyła się twoja ostatnia sprzedaż", wyjaśniła elfka, „była dla nas bardzo opłacalna".

„Tak, słyszałem, że wróciłeś" – powiedziała Onna. „Wiadomości szybko się rozchodzą. Conan i Snagg byli na Złotym Pucharze zaledwie dwie noce temu, a pół miasta już o tym wie".

Valeria skinęła głową, uśmiechając się.

Conan wrócił dopiero następnego ranka, co było niemal niezwykłe, a nawet Snagg się spóźnił.

Bez wątpienia spędzali czas zadowalając każdego, kto chciał ich słuchać.

– Więc znasz już tę historię? zapytała, trochę rozczarowana.

- Tylko historię w sposób niejasny; musisz ją dla mnie uzupełnić. Ale przedtem mam dla ciebie inne sprawy. Natknąłem się na dokument, który, jak sądzę, może ci się spodobać.

„Nie planujemy jeszcze wychodzić" – ostrzegła ją Valeria – „ale to nie jest powód, żeby nie patrzeć, nie mam nic przeciwko".

Jeśli dokument był przydatny, lepiej byłoby kupić go teraz, niż ryzykować, że zostanie sprzedany innym poszukiwaczom przygód, zanim będą mogli go zdobyć.

Podążyła za Onną do biurka iz zaciekawieniem spojrzała na leżące przed nią kawałki pergaminu.

– To jedyna istniejąca kopia – powiedziała mu Onna, podnosząc plik starszych zwojów. „Właściwie chodzi o to miasto, właśnie tutaj. Starożytny dokument, który przypadkowo wpadł w moje ręce. Wydaje się, że jest to opowieść od poszukiwaczy przygód z dawnych czasów. Znaleźli coś pod miastem, w starożytnych źródłach, jak sądzę. Spójrz, jest tu kilka map, wiem, że są dość prymitywnie narysowane, ale wydają się odnosić do czegoś niebezpiecznego.

– Nic na tyle niebezpiecznego, by zniszczyć miasto na mniej więcej sto lat, prawda? Łucznik Wysokich Elfów odpowiedział z uśmiechem.

Onna odwzajemniła uśmiech, błyskając białymi zębami.

„Nie, chyba nie. Ale mimo wszystko jest to interesujące, nie sądzisz? I tutaj, więc nie ma potrzeby nigdzie„ iść ", aby to zbadać. Myślę, że czytanie tego może być dla ciebie satysfakcjonujące".

Valeria skinęła głową. „Jestem zainteresowana. Ceny możemy omówić później".

Oczywiście... ale jest jeszcze jedna rzecz. Właściwie potrzebuję twojej pomocy. Ostatnio natrafiłem na inny dokument. Nie ma powodu przypuszczać, że jest to szczególnie interesujące dla poszukiwaczy przygód... ale cóż, jest w archaicznym elfim dialekcie, który ciężko mi przetłumaczyć. Szczerze mówiąc, nie posuwam się za daleko; jest zbyt wiele nieznanych mi słów. Jeśli możesz to zobaczyć i podsuniesz mi pomysł, czy warto dalej się temu przyjrzeć... Być może będę w stanie zaoferować ci zniżkę na tę drugą – poklepała lekko plik map.

„Jasne, czemu nie? Pozwól mi rzucić okiem, a zobaczę, co mogę ci powiedzieć".

Onna podała kilka arkuszy pergaminu, które nie wyglądały na tak stare jak pozostałe.

Tak, dialekt był bardzo archaiczny i musiał być wielokrotnie kopiowany, ale pismo było wyraźnie elfickie.

Patrzył na nich przez chwilę, po czym stłumił śmiech i zakrył usta dłonią, by ukryć rozbawienie.

„Przepraszam", powiedział, „to nie do końca tak, jak myślisz. To nie jest tak naprawdę archaiczne... wręcz przeciwnie, jeśli w ogóle. Ale nie, widzę, że wiele z tych słów nie jest tym, co normalnie znajdziesz w swojej pracy " A styl ... też nie jest taki, który znam".

Onna zmarszczyła brwi, wyglądając na zdezorientowaną.

Kąciki jej ust drgnęły jednak, wyrażając współczucie dla rozbawienia Łucznika Wysokich Elfów, ale nie wiedziała, o co chodzi w tym żartowaniu.

„Więc co to jest? Czy to nie jest cenne? Powiedz mi, że to nie jest tylko lista zakupów, czy coś!"

„Nie, to nie tak", Valeria z trudem powstrzymała uśmiech.

To naprawdę nie była wina jej przyjaciółki, że na to wpadła.

– I przypuszczam, że dla właściwego nabywcy może to być coś warte. Po prostu... cóż, może powinienem trochę poczytać, żebyś wiedział, o czym mówię.

* * *

W powietrzu unosił się aromatyczny zapach róż, a światło zabarwiało zielone liście jak dotyk słońca na połyskującej wodzie.

Elfia dziewica czekała na błogość wybuchu, który zwiastowałby nowy świt, a jej serce śpiewało starożytną, lecz nową melodię, obietnicę płodnego przebudzenia.

Oddech jej kochanka, delikatny jak letni deszcz na jej twarzy, jej pocałunek, obietnica nieujawnionej przyszłości.

Dotyk motyla byłby równie słodki, jak wtedy, gdy elfka podniosła do języka wielkie, jasne kule piersi upragnionego kochanka...

* * *

"Przepraszam, po prostu nie mogę iść dalej!" Valeria powiedziała teraz śmiejąc się głośno.

„Ale myślę, że rozumiesz. To... to jest w zasadzie elfie porno. A styl jest prawdopodobnie bardziej przesadzony, nawet niż wydaje się być przetłumaczony na Wspólną Mową. Poetyckie aluzje i tak dalej... ludzie to czytają , ale nie. To część jej regularnych lektur, nie sądzę. Ona też nie chce sprawiać wrażenia, że jest ekspertem w tych lekturach.

Wygląda na to, że Onna zareagowała zupełnie inaczej.

Wydawała się bardziej zdenerwowana niż cokolwiek innego, miała szeroko otwarte oczy, chociaż jej usta wciąż wykrzywiały się w półuśmiechu, jakby mogła przynajmniej zobaczyć zabawną stronę.

Otworzył usta, jakby chciał coś powiedzieć, ale ona chyba się rozmyśliła.

"Tak?" Valeria powiedziała z większą życzliwością, choć nadal z uśmiechem na ustach.

„Ale... eee... to znaczy, elfka w... hm, czy nie powiedziałeś „o jej kochanku"..." Umilkła, zaczynając się trochę rumienić.

Łucznik Wysokich Elfów natychmiast zdał sobie sprawę ze źródła dezorientacji przyjaciółki.

Kiedyś ludzie byli trochę powolni w tych sprawach.

„Tak", powiedziała, wyglądając teraz nieco poważniej, „kochanek „dziewczyny elfów" to inna kobieta. Bez czytania dalej trudno być pewnym, ale wydaje się, że w tę konkretną historię nie jest zamieszany żaden mężczyzna. ".

– Czy to... czy to powszechne?

Oczy Onny wciąż były szeroko otwarte, a teraz jedną ręką trzymała się biurka, a na jej twarzy malował się przypływ emocji.

Wyraźnie wstydziła się zapytać o więcej, ale jednocześnie była ciekawa, chcąc poznać odpowiedź.

– Wśród elfów? Tak, jest.

Bezpośrednia odpowiedź wydawała się najlepszym sposobem rozwiązania problemu.

Przynajmniej ludzka kobieta nie spanikowała ani nie zareagowała negatywnie.

Przynajmniej to zasługiwała na jasne wyjaśnienie... ale Valeria nadal nie była pewna, dokąd kierowane są pytania.

„Słuchaj, w zasadzie my, elfy, jesteśmy wolnymi ludźmi. Seks to kolejne doświadczenie, coś, co sprawia nam przyjemność, jako część naszej miłości do natury; nie wiążemy go ścisłymi zasadami i przepisami. I ta wolność rozciąga się na płeć naszego partnera lub towarzysz, tak samo jak cokolwiek innego. I nie dotyczy to tylko kobiet; elficcy mężczyźni często są ze sobą zażyli w sposób, w jaki większość mężczyzn nie. Dla nas to wszystko jest naprawdę częścią życia.

– Więc... – wydawała się niepewna, jak wydobyć z siebie następne słowa.

Jego niebieskie oczy były utkwione w oczach Valerii, a ona nieco przełknęła zdenerwowanie.

Nagle stało się całkiem jasne dla Łucznika Wysokich Elfów, dokąd to wszystko zmierza.

I nie protestowałaby w tym momencie, gdyby tylko Onna mogła zadać pytanie.

„Więc..." kontynuował sprzedawca map, „naprawdę...?"

– Czy kochałby się z inną kobietą?

Wiedziała, że jest pewna, że właśnie o to chciała teraz zapytać, i chciała tylko zobaczyć reakcję człowieka.

„Tak, chciałbym. W mężczyźnie nie ma nic złego... jak powiedziałem, jesteśmy wolni w naszych uczuciach. Ale mimo to nie ma to jak uczucie kobiety; zawsze wiedzą, gdzie dotknąć. I to Uważam to za naprawdę boskie".

Zrobił krok do przodu, tak że dzieliły ich tylko cale, ale Onna nie wykonała żadnego ruchu, a jej oczy wciąż nie spuszczały wzroku z Valerii.

Oblizał usta, aby je zwilżyć.

Valeria patrzyła, jak różowy język przyjaciółki przesuwa się po jej ustach.

Klatka piersiowa Onny unosiła się i opadała, co było wyraźnie widoczne przez wycięcie w sukience.

Archer Wysokich Elfów zastanawiała się teraz, czy suknia, choć atrakcyjna, była przeznaczona dla niej.

Onna wiedziałaby, że nadchodzi... ale najwyraźniej nie przewidziała tego; jego zmieszanie po usłyszeniu czytanego fragmentu było bardzo wyraźne.

Być może chciała tego w jakiejś głębokiej części swojego umysłu, ale tak naprawdę nie rozumiała tego aż do teraz.

Teraz, kiedy okazja pojawiła się tak jasno, jak to tylko możliwe, była zdezorientowana.

Onna wzięła kolejny oddech, a potem głosem, który prawie drżał i był ledwie słyszalny nawet z tak bliskiej odległości, zapytała: - Czy mógłbyś mnie nauczyć?

Zamiast odpowiedzieć, Valeria pochyliła się, pogłaskała sprzedawczynię map po policzku, po czym pocałowała ją w usta.

To był zwykły dotyk, ale Onna cofnęła się na chwilę, niepewna siebie. Ale tylko na chwilę, już Onna zrobiła kolejny krok, całując w odpowiedzi elfią czarodziejkę, i tym razem z większą pewnością siebie niż poprzednio.

Ich usta się rozłączyły, a języki splotły, gdy Valeria przycisnęła swoje ciało do ciała przyjaciółki, czując kształt jej piersi przez ubranie.

Odchyliła się do tyłu, wpatrując się w twarz Onny, patrząc w jej niebieskie oczy, czując niewypowiedziane wewnętrzne pragnienie jej słów, które tak trudno jej było wyartykułować.

Jej jasne włosy były odgarnięte do tyłu, przez co jej długa szyja była naga i atrakcyjna.

Valeria przesunęła czubkiem palca po brodzie Onny, unosząc ją lekko, po czym pocałowała ją w szyję i bok szyi, drugą ręką objęła talię kobiety, czując miękkie ciepło materiału.

– Może powinniśmy przenieść się na kanapę? ona zasugerowała.

Gdzieś tu była sypialnia, ale elfka była zbyt niespokojna, by tracić czas na pójście do niej, a podejrzewała, że ludzka kobieta jest jeszcze bardziej.

Lepiej tutaj, w tym pokoju, który nie jest znajomy dla obu.

Druga kobieta skinęła głową, być może myślała o tym samym, a może była zbyt podekscytowana, by myśleć o czymkolwiek innym.

Onna siedziała na sofie, prawie przewracając się, jej nogi były bezwładne.

Valeria uśmiechnęła się, ponownie wyciągając rękę, by dotknąć twarzy kobiety.

- Nie martw się - powiedziała uspokajająco - to będzie zabawne.

Na wpół usiadła na sofie obok niego, tak że nadal stali naprzeciw siebie.

Onna oparła się o oparcie sofy z wyciągniętymi ramionami i lekko otwartymi ustami, a jej klatka piersiowa unosiła się i opadała bardziej niż kiedykolwiek.

Srebrne zapięcie przytrzymywało materiał jej sukni nad dekoltem w kształcie rombu, przez który Valeria mogła dostrzec część kobiecego dekoltu.

Przesunęła palcem po obojczyku towarzysza, obok wysadzanego klejnotami naszyjnika, po czym zręcznie rozpięła zapięcie, ściągając dwa kawałki materiału w dół i na bok, odsłaniając piersi Onny.

Ludzka kobieta nie poruszyła się, jakby była zamrożona tam, gdzie była, na co Valeria znów się do niej uśmiechnęła i sięgnęła po ramiączka.

W końcu Onna poruszyła ramionami, jakby była w transie, wstając nieco z oparcia sofy, żeby Valeria mogła opuścić sukienkę od ramion do pasa.

– Wyglądasz pięknie – powiedział szczerze, ale kobieta nie odpowiedziała.

Ponownie pocałował, krótko, usta i język Onny, mówiąc bardziej z entuzjazmem, z jakim przyjmował pocałunki, niż z tym, co potrafił ubrać w słowa.

Jej nagie piersi ocierały się teraz o materiał sukni Valerii, ale Archer Wysokich Elfów postanowiła zatrzymać swoje ubranie trochę dłużej.

Kończąc pocałunek, spojrzał na pierś Onny.

Piersi kobiety były obfite, większe niż jego własne, ale niezbyt obfite.

Przesunęła po nich dłońmi, czując gładkość skóry i powodując twardnienie różowych sutków.

Sprzedawca map wydał z siebie sapnięcie, pisk przyjemności, który mimowolnie wzmógł się.

Valeria znów się uśmiechnęła.

Delektowała się tym, nie spiesząc się.

Pochyliła się, by pocałować pierś, obracając sutek pod językiem, przez co jej przyjaciółka ponownie westchnęła, tym razem mocniej.

Jego pasja wzrastała teraz, niezaprzeczalnie, ale nadal nie wykonał żadnego ruchu w kierunku elfki.

Valeria pocałowała drugą pierś, poruszając ręką, by ją puścić, a potem wstała.

Onna wydawała się przez chwilę zasmucona, najwyraźniej chcąc kontynuować przyjemność, dopóki nie zdała sobie sprawy, że Valeria próbuje rozpiąć jej sukienkę.

W przeciwieństwie do ludzkiej kobiety nie ubrała się specjalnie na dzisiaj, chociaż z perspektywy czasu bardzo tego żałowała.

Miała na sobie długą zieloną suknię, odciętą do obojczyka, ale nie niżej, z długimi rękawami i bladożółtym gorsetem, który podkreślał jej szczupłą talię.

Jej włosy były trzymane nad spiczastymi uszami przez zielone opaski u góry, ale opadały luźno na plecy, sięgając prawie do pośladków.

Teraz rozpięła zapięcie, które przytrzymywało sukienkę na karku, uwolniła ramiona z wąskich rękawów i zsunęła sukienkę na biodra.

Podczas gdy jej przyjaciółka najwyraźniej zdecydowała się nie nosić nic pod górną częścią sukienki, Valeria nadal miała pod nią halkę z miękkiego białego jedwabiu, która podkreślała jej piękne krągłości.

Mógł wyczuć oczekiwanie w oczach Onny, gdy patrzył, jak się rozbiera, jego wzrok wędrował od jej smukłych łydek i miękkich zielonych butów, wzdłuż jej odzianego w jedwab ciała, aż po krzywiznę jej małych piersi.

Aby przedłużyć tę chwilę, Valeria zdjęła sukienkę, a następnie zdejmowała buty jeden po drugim.

Potem uklękła na dywanie, czując gruby materiał na gołych kolanach.

Puścił jedno ramię halki, a potem drugie, przesuwając powoli jedwab w dół jej ciała, aż spotkał się w talii.

Onna nie wykonała żadnego ruchu, by jej dotknąć, więc uniosła lekko rękę w jej stronę i ponownie ją pocałowała.

Ich piersi dotknęły się, teraz bez żadnego materiału pomiędzy, mniejsza para piersi elfa napierała na większych ludzi.

Sprzedawczyni map sapnęła, odsuwając się od pocałunku, jej emocje były aż nazbyt widoczne.

Valeria uznała, że czekała wystarczająco długo.

Ponownie oparła się na piętach i przesunęła dłońmi po miękkim brzuchu Onny, drażniąc po drodze jej pępek, po czym odpięła pasek i odłożyła go na bok, po czym zarzuciła niebieską sukienkę na nogi kobiety, by stanąć na jego nogach. .

Onna kopnęła ją, chcąc kontynuować, a teraz miała na sobie tylko buty i parę białych majtek.

Teraz Valeria opuściła majtki przyjaciółki, zostawiając je u swoich stóp, ale żadna z kobiet nie ruszyła się, by zdjąć buty.

Valeria delikatnie rozłożyła ludzkie nogi i pogładziła wnętrze jej odsłoniętego uda.

Onna wzdrygnęła się, nagle bezbronna, cała odsłonięta.

"Chcesz to?" – zapytał Łucznik Wysokich Elfów, znając już odpowiedź, ale chcąc usłyszeć słowa.

Ale Onna milczała i po prostu w milczeniu skinęła głową.

Ponownie przesunęła palcami po brzuchu kobiety, tym razem sięgając dalej, głaszcząc kręcone włosy po swojej cipce.

Potem uklękła i pocałowała go.

Ciało sprzedawcy map wygięło się w łuk, a ona wydała z siebie jęk rozkoszy, najgłośniejszy dźwięk, jaki kiedykolwiek wydała.

Zachęcona Valeria przejechała językiem po całej długości warg sromowych kobiety, a następnie zanurzyła go głęboko w cipce.

Tym razem jęk był jeszcze głośniejszy, jej uda zadrżały, a Onna sięgnęła w dół, przeczesując palcami włosy elfki, przyciskając ją do krocza.

Valeria kontynuowała, wsuwając i wysuwając język, delektując się każdą kroplą ludzkich emocji, drażniąc jej łechtaczkę.

Jego ręce pieściły uda i pośladki kobiety, unosząc ją do lepszej pozycji rozkoszy.

Onna jęczała, jedną ręką trzymając się za lewą pierś, a drugą za głowę elfiego maga.

Odezwała się po raz pierwszy, wykrzykując imię Valerii, a jej biodra drżały.

Gdy Łucznik Wysokich Elfów nadal sondował, lizał i przesuwał czubkiem języka swoją łechtaczkę, mogła stwierdzić, że sprzedawca map był bliski orgazmu.

Wszystkie ślady jej dawnej ciszy zniknęły, jej jęki rozkoszy odbijały się echem po pokoju.

Nie mogła znieść dużo więcej.

A Valeria nie chciała, żeby ona też to zrobiła.

Z długim, przeciągłym, drżącym jękiem, Onna osiągnęła orgazm, jej ciało wygięło się w łuk na sofie, jej stopy w butach bębniły po podłodze, jej piersi falowały.

Wysoki Elf Łucznik odchylił się do tyłu, patrząc na kobietę, która dyszała, kropelki potu spływały teraz po jej nagim ciele.

„To było... to było..." Onna sapnęła, walcząc o odzyskanie normalnego oddechu.

- To - powiedziała Valeria - jeszcze się nie skończyło. Myślę, że wciąż chcesz więcej... a ja ci to dam.

Wstała, pozwalając halce zsunąć się z jej nóg na podłogę.

Ludzka kobieta wyglądała prawie tak, jakby czuła się winna, kiedy to robiła, ale potem oblizała usta, gdy przyjrzała się nagości elfa stojącego przed nią.

– Nie wiem, czy mogę... – powiedziała błagalnie. – Jeszcze nie... jesteś piękna, Valeria, i chcę... ale muszę złapać oddech.

„Och, myślę, że jesteś już gotowy", odpowiedziała, pochylając się, by jeszcze raz pocałować te usta.

Onna zamknęła oczy, pocałunek trwał, a ruch jej ciała, gdy ich piersi ponownie się dotknęły, przekonał elfa, że miała rację.

Co było dobre, ponieważ bolała ją teraz cipka, a jej własna przyjemność trwała zbyt długo.

Wzięła Onnę za rękę i pociągnęła ją na dywan, tak że oboje leżeli twarzą w twarz.

Znowu się pocałowali, ich ciała były splecione, ich nogi ocierały się o siebie.

Uścisnęli się, Onna przeczesała palcami długie, jedwabiste włosy elfa, po czym pogłaskała ją po plecach, podczas gdy Valeria pogłaskała ją po pośladkach.

Pocałunek trwał nadal, ciało sprzedawcy map ocierało się o ciało Valerii, a jej sutki znów twardniały.

Łucznik Wysokich Elfów puścił ją, przesuwając jej dłoń do jednej z piersi, po czym potarł palcem różowy sutek.

"Zobaczysz?" powiedziała: „Znowu jesteś więcej niż gotowy. Ale tym razem..."

„O tak", powiedziała Onna, „Chcę, żeby to było dla nas obojga. Często myślałam... o czymś takim. Jak by to było być z inną kobietą, ale nigdy... nie myślałam Nie sądzę, żebym miał szansę. Teraz tak, nie chcę stracić tej chwili.

„Rób ze mną, co chcesz, bez strachu" — odpowiedział Łucznik Wysokich Elfów, całując ją jeszcze raz.

Ręce Onny poruszyły się, przesuwając się po jej brzuchu iw górę do małych piersi elfa.

Valeria westchnęła radośnie, przewracając się na plecy.

Sprzedawca map pochylił się nad nią, pocałował jej obojczyk, objął jedną pierś, poczuł ją na dłoniach, ale nic więcej.

Aby dodać jej otuchy, elficka poszukiwaczka przygód przesunęła dłonią po brzuchu kobiety, ponownie badając przestrzeń między jej nogami, znajdując jej wilgotne i spuchnięte wargi, wciąż zachęcające do przyjemności.

Onna sapnęła, a potem pochyliła się, by pocałować każdy z sutków Valerii, jej język był mokry i chętny.

– Tak... – szepnęła – o tak...

Łucznik Wysokich Elfów odpowiedział, przesuwając palcami do środka, penetrując wilgoć kobiecej cipki.

Jej partner jęknął, wijąc się na dywanie, gdy Valeria wbiła jej nogę w nogę.

W końcu Onna zdawała się rozumieć, czego potrzebuje jej kochanek, delikatnie dotykając nóg elfa i przesuwając palcem między jej udami.

Ile go kosztował ten dotyk, ta prowokacyjna akcja!

Valeria wsuwała i wysuwała własne palce, wsuwając się w mokrą cipkę Onny, pokazując kobiecie, czego ona sama chce.

Człowiek zagłębił się, przesuwając kciukiem po cipce elfickiej kobiety, w słodycz jej seksu.

Wysoki Elf Łucznik jęknął cicho, dodając jej otuchy, poruszając szybciej własnymi palcami.

To było dla Onny za wiele.

Przewróciła się na plecy, kopiąc nogami, trzęsąc się i rozplątując.

Valeria podparła się na łokciu, jej palce wciąż poruszały się do wewnątrz i na zewnątrz, podczas gdy Onna sięgnęła po jedną z jej piersi.

Kobieta błagała ją teraz, dysząc i krzycząc z przyjemności.

Valeria wiła się, ponownie wkładając twarz w cipkę Onny.

Lizał ją chętnie, jego palec wskazujący wciąż wsuwał się i wysuwał z wilgoci kobiety, odnajdując językiem jej łechtaczkę.

Onna wrzasnęła, zapominając o własnych pieszczotach, jedną ręką chwytając Valerię za pośladek, przyciskając nos do brzucha przyjaciółki.

Wysoki Elf Łucznik siedział na niej okrakiem, jednym udem po obu stronach jej twarzy, wciąż liżąc i ssąc, podczas gdy jej palec dalej sondował.

Z ostatnim bezsłownym krzykiem, Onna sięgnęła po raz drugi, jej ciałem wstrząsały konwulsje, ściskając plecy Valerii, jej twarz była teraz przyciśnięta do jednego z wewnętrznych ud elfa.

Jej nogi drgnęły i jęknęła, gdy długie włosy poszukiwacza przygód opadły jej na bok.

– Bogini, przepraszam – powiedział człowiek. "Jesteś tak dobra". Przełknęła ślinę, po czym kontynuowała: „Ale chcę tego wszystkiego. Teraz wiem, jakie to uczucie. I chcę sprawić, by inna kobieta doszła tak jak ja. Po prostu potrzebuję... po prostu muszę wiedzieć, jak zrobić to dobrze".

„Myślę, że wiesz, co robić", powiedziała Valeria, „jakbyś sama to zrobiła".

Był teraz niecierpliwy, ale starał się tego nie okazywać.

„Potrzebuję cię, naprawdę cię teraz potrzebuję. Nie mogę dłużej czekać".

Onna przeciągnęła się, zwracając twarz w stronę własnej pizdy elfa.

Valeria poczuła, jak jego palec wsuwa się w jej cipkę, ponownie dysząc, gdy przyjemność zaczęła się budować.

Potrzebowała uwolnienia, bardzo go teraz potrzebowała.

Kołysała biodrami w przód iw tył, pocierając palcem wnętrze swojej cipki.

Sprzedawca map oddychał ciężko, wciąż niepewny siebie.

„Tak, w porządku" zawodził Łucznik Wysokich Elfów. „Nie przestawaj".

Onna niecierpliwie pogroziła teraz palcem, a Valeria zadrżała z niecierpliwości.

Ręka ludzkiej kobiety była teraz śliska od jej płci, podczas gdy elf całował wnętrze jej uda, przesuwając czubkiem języka po wargach pochwy.

Pod dotknięciem języka sprzedawca map wydał zduszony okrzyk, wyciągnął palec i chwycił Valerię obiema rękami za pośladki, zmuszając ją do zanurzenia pochwy w jego ustach.

Jej język wsunął się w cipkę elfa, ślizgając się niedoświadczony, aż znalazł łechtaczkę.

— Tak, właśnie tam! Valeria wrzasnęła, miażdżąc biodrami twarz kobiety.

Onna była ośmielona, jej umiejętności i pewność siebie wyraźnie rosły.

Tylko tego potrzebował, odwagi.

Łucznik Wysokich Elfów nie mógł już mówić.

Jęknęła, wykrzyczała imię swojego kochanka, gdy rozkoszna przyjemność wzrosła.

Doszła nagle, prawie dotykając udami głowy Onny.

To była eksplozja, jej stłumiona namiętność uwolniła się w nagłym momencie, jej jęki były echem jęków jej partnera.

Fale przyjemności uderzyły w jej ciało, pozostawiając ją oślepiająco pustą.

Onna teraz dokładnie wiedziała, jak to jest mieć kobiecy orgazm na twarzy...

HISTORIA BĘDZIE KONTYNUOWANA W: CONAN BARBARZYŃCA DRUGA CZĘŚĆ

Don't miss out!

Visit the website below and you can sign up to receive emails whenever Erika Sanders publishes a new book. There's no charge and no obligation.

https://books2read.com/r/B-A-IGGS-PHGNC

BOOKS 2 READ

. Connecting independent readers to independent writers.

www.ingramcontent.com/pod-product-compliance
Lightning Source LLC
LaVergne TN
LVHW101954220826
846093LV00006B/219

* 9 7 9 8 2 2 3 5 2 7 3 0 5 *